I0554387

ÁNGEL LOZADA *nació en Mayagüez, Puerto Rico, en 1968, y vive en Pittsburgh, PA, Estados Unidos. Es santero y tarólogo.*

Ha publicado las novelas La patografía *(1998),* No quiero quedarme sola y vacía *(2006).* El libro de la letra A *es su primera novela bilingüe.*

ANGEL LOZADA was born in Mayagüez, Puerto Rico, in 1968, and lives in Pittsburgh, PA. He is a santero and tarologist.

He has published the novels *La patografía* (1998) and *No quiero quedarme sola y vacía* (2006). *The Book of the Letter A* is his first bilingual novel.

LEGIBILITIES 3

FICTION / NARRATIVA

Ángel Lozada

THE BOOK OF THE LETTER A

edición bilingüe / bilingual edition
translated by the author

SANGRÍA

© Ángel Lozada
ISBN: 978-956-8681-32-6
Original title: *El libro de la letra A* (Sangría Editora, 2014)

© translation, the author

© cover photograph, copyright owner

© 2016, Sangría Legibilities Inc
1443 Dean Street, Apartment 2
Brooklyn, NY 11213, USA
info@sangriaeditora.com / www.sangriaeditora.com

Sangría Legibilities aims to create new models to issue discourses, texts, and literatures that are alive in the United States. By consolidating multilingualism in literature and other socially relevant texts and media, we offer a commitment to cultural openness, and we extend a social contract from the emergent languages of the Americas to the mainstream communities in the United States.

Editors: Carlos Labbé, Mónica Ríos,
        Carolina Alonso Bejarano, Peter Quach.
Layout design: Carlos Labbé.
Cover design: Peter Quach.

Printed in the United States of America.

CONTENTS

EL LIBRO DE LA LETRA A
por
Ángel Lozada,
Oyá Irawö,
Brazo Fuerte Saca Empeño,
Zarabanda Tiembla Tierra
Contienda Buro Finda Colo,
Bandolo Gajo Cota Lima el Igualito,
Emboa Suelto en la Sabana
de la Conferencia de San Jacinto

THE BOOK OF THE LETTER A
by
Angel Lozada,
Oya Irawo,
Brazo Fuerte Saca Empeño,
Zarabanda Tiembla Tierra
Contienda Buro Finda Colo,
Bandolo Gajo Cota Lima el Igualito,
Emboa Suelto en la Sabana
de la Conferencia de San Jacinto

Para yeyé Shari Ferline,
con amor y agradecimiento.

To yeye Shari Ferline,
with love and gratitude.

Moyubación

Omi tutu, ona tutu, aché tutu. Tutú ilé. Tutú laroye. Tutú arikú babawa.

Moyuba Olofi, Moyuba Olorun, Moyuba Olodumare,

Moyuba Akoda, Moyuba Yeyé, Moyuba Ashedá,

Moyuba a todos los bobo egguns del eri de mi Madrina que ibaé Ofún Muyuguá,

Moyuba a todos los bobo egguns del eri de mi padrino Okenlá,

Moyuba a todos los bobo egguns del eri de Achire Abure Ocha, que ebo fi, que ebo ada.

Moyuba a todos los bobo egguns de Achire Abure que están ibahé ba entonú que tenían santo hecho,

Moyuba a Elisa Rodríguez Ofún Muyuguá que ibaé bayén tonú, que la bendición de ella siempre me alcance,

Moyuba a Adela Cotto Oba De Dei que ibaé bayén tonú,

Moyuba a Luis Rivera Oke Ewe que ibaé bayén tonú,

Moyubation

Omi tutu, ona tutu, ache tutu. Tutu ile. Tutu laroye. Tutu ariku babawa.

Moyuba Olofi, Moyuba Olorun, Moyuba Olodumare,

Moyuba Akoda, Moyuba Yeye, Moyuba Asheda,

Moyuba to every bobo egguns from my Madrina's eri, who ibae Ofun Muyugua,

Moyuba to every bobo egguns from my padrino Okenla's eri,

Moyuba to every bobo egguns from Achire Abure Ocha's eri, who ebo fi, who ebo ada.

Moyuba to every Achire Abure's bobo egguns, who are ibahe ba entonu, and who had santo made,

Moyuba to Elisa Rodriguez Ofun Muyugua, who ibae bayen tonu, let her blessing always reach me,

Moyuba to Adela Cotto Oba De Dei, who ibae bayen tonu,

Moyuba to Luis Rivera Oke Ewe, who ibae bayen tonu,

Moyuba a Fela Méndez Changó Gumi que ibaé bayén tonú,

Moyuba a Monchito Oshún Ladé que ibaé bayén tonú,

Moyuba a Héctor Corujo Obamboché que ibaé bayén tonú,

Moyuba a Ifa fun Miqué que ibaé bayén tonú,

Moyuba a Noel Iya Keré que ibaé bayén tonú,

Moyuba a Changó Leyi que ibaé bayén tonú,

Moyuba a Oyu Obá que ibaé bayén tonú,

Moyuba a Oba'fún Niké que ibaé bayén tonú,

Moyuba a Antonio Carmona que ibaé bayén tonú.

Kinkanmaché yubonna mi Okenlá,

Kinkanmaché Borun Keyé,

Kinkanmaché Alá Jurí,

Kinkanmaché Oba ka icu niké,

Kinkanmaché Omí Niké,

Kinkanmaché Eshú Buladé,

Kinkanmaché Alá Ofún,

Kinkanmaché Okanlanké Luisito el Oshún,

Kinkanmaché Yiya la Obatalá,

Kinkanmaché Sally la Oyá,

Kinkanmaché Papo el Eleguá,

Kinkanmaché Joseph el Changó,

Kinkanmaché Poppi el Yemayá,

Moyuba to Fela Mendez Chango Gumi, who ibae bayen tonu,

Moyuba to Monchito Oshun Lade, who ibae bayen tonu,

Moyuba to Héctor Corujo Obamboche, who ibae bayen tonu,

Moyuba to Ifa fun Mique, who ibae bayen tonu,

Moyuba to Noel Iya Kere, who ibae bayen tonu,

Moyuba to Chango Leyi, who ibae bayen tonu,

Moyuba to Oyu Oba, who ibae bayen tonu,

Moyuba to Oba'fun Nike, who ibae bayen tonu,

Moyuba to Antonio Carmona, who ibae bayen tonu.

Kinkanmache yubonna my Okenla,

Kinkanmache Borun Keye,

Kinkanmache Ala Juri,

Kinkanmache Oba ka icu nike,

Kinkanmache Omi Nike,

Kinkanmache Eshu Bulade,

Kinkanmache Ala Ofun,

Kinkanmache Okanlanke Luisito the Oshun,

Kinkanmache Yiya the Obatala,

Kinkanmache Sally the Oya,

Kinkanmache Papo the Elegua,

Kinkanmache Joseph the Chango,

Kinkanmache Poppi the Yemaya,

Kinkanmaché Fransuá la Oshún,
Kinkanmaché Oshún Ladé,
Kinkanmaché Boli el Obatalá,
Kinkanmaché Vicky la Yemayá,
Kinkanmaché Polita la Oshún,
Kinkanmaché Obá Ki Kitón,
Kinkanmaché Millie la Obatalá,
Kinkanmaché Sylvia la Yemayá,
Kinkanmaché Mirta la Changó,
Kinkanmaché Vladimir el Changó,
Kinkanmaché Benny el Oyá,
Kinkanmaché Oshún Co Fa Dé,
Kinkanmaché Greg el Oshún y Junior el Obatalá,
Kinkanmaché David el Oshún,
Kinkanmaché Ileana la Yemayá,
Kinkanmaché Maritza la Yemayá,
Kinkanmaché Lester el Obatalá,
Kinkanmaché Luisito el Changó,
Kinkanmaché Denisse la Oyá,
Kinkanmaché Rubén el Obatalá,
Kinkanmaché Anita la Oshún,
Kinkanmaché orí, Eledá emi nani Oya Irawö,
Kinkanmaché Ocha, Babalocha, Iyalochas, Achire abure ocha, que ebofí, que obo ada.

Aquí está su hijo, Oya Irawö que viene a rendirle moforibale.

Kinkanmache Fransua the Oshun,
Kinkanmache Oshun Lade,
Kinkanmache Boli the Obatala,
Kinkanmache Vicky the Yemaya,
Kinkanmache Polita the Oshun,
Kinkanmache Oba Ki Kiton,
Kinkanmache Millie the Obatala,
Kinkanmache Sylvia the Yemaya,
Kinkanmache Mirta the Chango,
Kinkanmache Vladimir the Chango,
Kinkanmache Benny the Oya,
Kinkanmache Oshun Co Fa De,
Kinkanmache Greg the Oshun and Junior the Obatala,
Kinkanmache David the Oshun,
Kinkanmache Ileana the Yemaya,
Kinkanmache Maritza the Yemaya,
Kinkanmache Lester the Obatala,
Kinkanmache Luisito the Chango,
Kinkanmache Denisse the Oya,
Kinkanmache Ruben the Obatala,
Kinkanmache Anita the Oshun,
Kinkanmache ori, Eleda emi nani Oya Irawo,
Kinkanmache Ocha, Babalocha, Iyalochas, Achire abure ocha, who ebofi, who obo ada.

Here is their son, Oya Irawo, who comes to offer them moforibale.

Oriki

Diosa Oyá, levántate.

Háblanos clara y llanamente para que podamos comprenderte.

Oh, Custodia de los Secretos de la Muerte, hoy que tus hijos son muchos levántate, cual una tempestad de las calientes profundidades de aguas lejanas.

Róbate el fuego una última vez para concluir lo que empezaste.

Regresa, Amante de los Sueños, y que así podamos vivir para ser testigos cuando éstos hayan pasado ya.

Con regocijo permítenos ver las hojas flotando tras de ti, permítenos escuchar tus cascabeles mientras danzamos.

Bendícenos sólo con inteligencia y guíanos en secreto para que no nos perdamos jamás. Tú, que careces de hogar, que nunca yo sea recibido descortésmente.

Madre del Nueve, Osá, protégeme cuando al final te encuentre cara a cara. Gentil y eternamente acaricia mi rostro con tu brisa y eleva mis palabras como hermosas chiringas, nunca mi voz sino sólo mi alabanza.

Oríkì

Goddess Oyá, please, rise.

Speak clearly and plainly to us, so we can understand.

Oh, Keeper of the Secrets of Death, as your children today are many, arise, like a tempest from the warm depths of far away waters.

One last time, steal the fire again to complete what You started.

Come, Mistress of Dreams, so we may live to witness them when they come to pass.

Joyfully let us see the leaves floating after you, let us hear your little bells ring while we dance.

Only with wisdom bless us and lead us secretly so we will never be lost. You who have no home, may I never be received impolitely.

Mother of Nine, Osá, protect me when I finally meet you, eyes to eye, gently and forever caress my face with your wind and lift up my words, like colorful kites, never my voice but only my praise.

A

¿Qué letra te rige? ¿Cuál de ellas hace brillar tu abecedario? ¿Qué bramido estremece tu camino cuando te extravías? ¿Cuál astro te ilumina cuando yerras por ese denso bosque de altos alfabetos abandonados? ¿Con qué capital disipas el abecé de tus (t)errores?

Con la A. Alfa y Aleph. Aurora boreal del alfabeto. Ángel y astro. Lucero de las letras del mundo. Jamás podrás salir de mi contemplación. De ahora en adelante, seré siempre el as de todas tus lecturas.

¿Cuántos ángeles llevas dentro y cuáles son sus nombres? ¿A quién obedecen?

¿Qué terror me obligó a entregarme-enterrarme en sus brazos? ¿Cómo fue que me olvidé en la Grand Central de las Letras?

22

A

What letter rules you? Which one illumines your alphabet? Whose roar rattles your path when you stray? What star lends its light when you get lost in the dense forest of abandoned high alphabets? What capital dissipates the abc of your (t)errors?

With the A. Alpha and Aleph. Aurora borealis of the alphabet. Angel and star. Light of all the letters of the world. Never will you be able to escape my contemplation. From now on, I will always be the ace of all your readings.

How many angels do you carry inside and what are their names? Whom do they obey?

What horror forced me to surrender-bury myself in her arms? How did I forget myself in the Grand Central of Letters?

Dame la claridad para escribir con franqueza, para desenterrar de los ríos y los pantanos a esa Diosa letal, que una vez fue majestad de los búfalos y de los guerreros más fuertes, pero desde hace tiempo ha sido condenada a sobrevivir dentro de una vasija con nueve piedras secas, a deambular por panteones y casas abandonadas y a bailar, de vez en cuando, en basements alquilados y sucios sin que nadie la entienda, desorientada, frente a una manada de leopardos vestidos de blanco.

Oh, Sodoma del Este, sólo tras tus puentes me sentí seguro. Tú, Gomorrompeángelesdecabezas, que me obsequiaste los más intensos placeres; que jamás te dé la espalda, estatua de mis recuerdos. Mi lealtad a tus torres fue inquebrantable, más sólida que la sal cuando te demostré mi fidelidad volteándome, para desobedecer y no despedirme de ti, a sabiendas de que esa media vuelta nos costaría las guerras más bárbaras.

Allí nos arropó una nevada de cemento y respiramos el humo de los dioses derribados, capaces de darles vida a los odios más salvajes. Para efigiarme en cristal tuve que rendirle culto al Ángel del Abandono, para que tus ojos pudieran ensartar estas regalabras, con cintas-tintas de sangre-saliva, y te ampararas en el desierto, bajo la Letra A.

24

Grant me the clarity to write with honesty, to unearth, from the rivers and swamps, that lethal Goddess, who once was the majesty of the buffaloes and the strongest warriors, but has now been condemned to survive inside a vase with nine dry stones, to wander around graveyards and abandoned houses, and to dance, once in a while, in rented, dirty basements, with no one to understand Her, disoriented, in front of a pack of leopards dressed in white.

Oh, Sodom of the northeast, only behind your bridges I felt safe. You, Gomorrompeángelesdecabezas, who granted me the most intense pleasures, may I never turn my back on you, monument of my memories. May my loyalty to your towers be unbreakable, stronger than salt. May I prove my loyalty to you by willingly turning my back, to disobey and not to say goodbye, knowing that it will lead us to the most barbarous wars.

We were buried under a blizzard of cement and inhaled the remains of demolished gods, capable of giving life to the most savage hatred. To turn myself into glass, I had to worship the angel of Abandonment, so that your eyes could thread these word-gifts onto ribbons tainted with blood, and in the desert, take refuge under the letter A.

No te pierdas en el Parque de las Atriplas, allá donde se siembran las Semillas Truvádicas. No te enredes dentro de esa espesa selva ambienzónica sin salida ni árboles.

En los brazos de la muerte y desde las nubes por primera vez vi la salida del sol. Nada más necesité para seguir estar-siendo. Ella no era terrible; al contrario, La acompañaban las flores. Era más radiante que Venus, que la Luna y que cualquiera de las estrellas. Fue la contemplación de su amanecer, una mañana, la que me obligó a vola-quedarme. Jamás la había visto. Había estado-sido-encerrado-enterrado en aquellos apartamentos sucios, donde los esclavos moribundos del siglo XXI duermen. Ahora me encontraba junto al horror de mi cuerpo desnudo, encadenado a las máquinas en la más fría soledad, lo suficiente para irme volaquedando con la intención de sumergirme para siempre en el lago siguiendo el reflejo de la luz. Sin embargo vi todo con claridad y me di cuenta de que era dios, y comprendí la gran diferencia entre el predecir y el decir y me levanté, con la ayuda del Ángel Betesda. Vi sus alas formadas de pastillas, sus manos y sus dedo-jeringas, y ambos nos quitamos las máscaras, y me invitó a incorporarme a este multi-universo de palabras, atriplado eternamente en la telaraña cibernocósmica, para esperar a Oyá, otra vez, viendo galaxias.

Do not get lost in the Park of the Atriplas, where Truvadica seeds are sown. Do not get entangled in the Ambienzonica jungle, without trees or exits.

For the first time, in the arms of death and from the clouds, I witnessed the sunrise. Nothing more I needed to continue to be. She was not terrible; on the contrary, She was accompanied by flowers. She was brighter than Venus, the Moon and any of the stars. The contemplation of her dawn, one morning, forced me to fly-stay. I had never seen her. I had been locked-buried in those dirty apartments, where the dying slaves of the XXI century sleep. Now I was witnessing the horror of my naked body, chained to machines in cold solitude, enough to go-fly-stay with the intention of immersing myself forever in the lake following the reflection of light. However, I saw everything clearly and realized that I was god, and I understood the difference between telling and foretelling, and I got up, with the help of the Angel Bethesda. I saw his wings formed of pills, his hands and syringe-fingers, and we both took off our masks, and he invited me to stand up once more, and join this multi-universe of words, atriplado-trapped forever inside in the cyber-cosmic web, and to forever wait for the Goddess Oya, once again, watching the galaxies.

Fue la música de los transeúntes, en las profundidades del trance de esa ciudad, la que me arrastró a los dioses y me hizo dios.

Ojalá recuerde mis momentos de más intenso placer, en aquella ciudad Gomorrompeángelesdecabezas, donde los ejércitos de los hombres más fuertes y el cristal poseyeron mi cuerpo.

Que jamás se borre de la memoria aquella mañana cuando los números se desfiguraron en palabras aterradoras, cuando nuestros sueños fueron arrasados por una tempestad de huesos y asbesto, y mis amigos fueron enterrados y condenados a errar, como sanlázaros, descalzos y cubiertos de polvo y odio, sin poder encontrar su hogar.

Que abras tus ojos al amanecer, allá donde los ríos se desdoblan para oscurecer el mundo, y que el aura de las torres te alumbre, para que finalmente veas-venzas, con claridad y tranquilidad, dibujando a Centella Ndoki con alas en las infinitas nubes de tu mente y puedas volaquedarte al lado del Ángel Betesda y de la Letra A.

It was music of the spiritual passersby, in the deep trance of that city, which dragged me to the gods and where I became god.

May I remember all the moments of the most intense pleasure in that city Gomorrompeángelesdecabezas, where my body was conquered and possessed by crystal and the armies of the strongest of men.

May I never forget the morning when three numbers were disfigured into terrifying words, when our dreams were destroyed by a storm of bones and asbestos, and my friends were buried and condemned to wander forever, like Saint-Lazarus, without shoes and covered in dust and hatred, unable to find their home.

May your eyes open to a bright new dawn, where the rivers are divided to darken the world, and the aura of the towers shines upon you. May you finally see-conquer, with clarity and peace, drawing Centella Ndoki with wings on the endless clouds of your mind, and go-fly-stay forever besides the Angel Bethesda and the Letter A.

Inmolación a Oshún
V

En el río del Bronx me desnudaron. Hombres vestidos de blanco me bañaron. Le sacrificaron una gallina y le dieron de comer ochin-chin y miel de abeja. La llamaron. Me secaron con sábanas nuevas y baratas.

¿Dónde están hoy los que me dieron placer cerca de aquel riachuelo? ¿A dónde fue a parar el semen que me tragué y bañó mi cara, que resbaló por mis muslos y nalgas? ¿Dónde están los miles de hombres a los que me entregué a cambio de nada? ¿Dónde está el cadáver que sacaron del agua los guerreros de Oshún? ¿Y dónde fueron enterrados los mártires que se atrevieron a alojarla y adorarla en la catedral de sus venas?

Immolation to Oshun
V

At the Bronx River, I was stripped of my clothes and bathed by men dressed in white. They sacrificed a chicken and fed Her ochin-chin and honey. They called Her. They dried me with cheap new sheets.

Where are those men who gave me pleasure near that river? Where is all the semen I swallowed and bathed my face in, that slid down my thighs and buttocks? Where did it go? Where are the thousands of men to whom I offered myself in exchange for nothing? Where is the body pulled from the water by the warriors of the Goddess Oshun? And where were the martyrs buried who dared to host and worship Her in the cathedral of their veins?

Inmolación a Yemayá
VII

Tarde fría. Tormenta. Humedad cien por ciento. Al principio, un bosque raquítico. En vez de matas playeras, bolsas plásticas de supermercado llenas de latas o de trabajos de brujería, y jeringas usadas por todas partes. Al final de la carretera, un estacionamiento inmenso y, luego, Orchard Beach. Resaca fuerte. Así nos recibió Yemayá: brava, comunicando una furia que Madrina alimentó con un pato y miel de caña.

Para matarlo: «no lo mires. Tápale los ojos con una lechuga para que no te maldiga».

Así se retiran los ojos de Madrina: Bara ñaki ñá ñakiña loro, deja que los cantazos de la marea sobre las piedras sean tus tambores. Cúbrele la vista con muchas oraciones para que no te maldiga. Arrópale las olas para que nadie las vea. Rema fuerte y regresa allá donde la Madre sumerge sus hombres, donde nacen y mueren sus memorias, penas y niños: sepultados y olvidados para siempre en las profundidades del Atlántico.

Immolation to Yemaya
VII

Afternoon, cold. Storm. Humidity, one hundred percent. At first, a stunted forest. Rather than sea grapes, plastic grocery bags full of empty cans or works of brujería, and used syringes everywhere. At the end of the road, a huge parking lot and then Orchard Beach. Strong tides. That is how we were received by Yemaya: brave, communicating a fury that Madrina fed with a duck and molasses.

To kill it, «do not look at it. Blindfold it with a lettuce so it does not curse you.»

That's how the eyes of Madrina withdraw: singing Bara ñaki ñá ñakiña loro: Allow the tides that hit over her stones to become your drums. Conceal her sight with many prayers so that she does not curse you. Cover her waves for no one to see her. Row strong and return to where the Mother submerges her men, where her memories, sorrows and children are born and die: buried and forgotten forever in the depths of the Atlantic.

Ella se los traga para saciar su coraje y su implacable sed de venganza, que la atraviesan. Déjala ir, que quizás allá sientas por primera vez su cariño. Esa arena sucia por la que caminas es el perímetro de las angustias más bárbaras.

She swallows them to quench the relentless thirst for revenge that runs through her. Let her go, you might feel her love for the first time. That dirty sand over which you walk is the perimeter of the most barbarous sorrows.

Inmolación a Oyá
IX

En una casa poblada por la yerba bruja, donde la basura crecía sobre el cemento; en una casa habitada por ratones, cucarachas y drogadictos, al pie de aquella ruina quemada nos arrodillamos frente a un letrero de la ciudad donde se leía «CONDEMNED; NOT FIT FOR MAN OR BEAST», y le sacrificamos una gallina negra a la diosa Oyá.

Invocamos a los espíritus vagabundos que la acompañan, les pedimos su protección y auxilio. Madrina los llamó por sus nombres en español y en yoruba, y les rogó que me protegieran de la indigencia. Le pidió a Oyá que jamás nadie me encontrara asfixiado entre las cenizas, ni que perdiera mis facultades.

«Escucha los gritos de los atrapados, que allí Ella vive. Levántate.»

De ahora en adelante somos dos seres desolados. Nos arrodillamos frente a las casas quemadas. Cubrimos la hiedra con oraciones, cantos yorubas y sangre. Alimentamos los espacios del abandono y los con-

Immolation to Oya
IX

In a house populated by witch grass, where trash was growing over the concrete, in a house inhabited by mice, cockroaches and drug addicts, at the foot of burned ruins, we knelt in front of a sign that read «CONDEMNED; NOT FIT FOR MAN OR BEAST», and sacrificed a black chicken to the goddess Oya.

We invoked the wandering spirits that accompany her, and asked for their protection and assistance. Madrina called them by their names in Spanish and Yoruba, and begged them to protect me from destitution. She asked Oya that I never lose my faculties or be found asphyxiated in the ashes.

«Pay attention to the cries of the trapped. She lives there. Arise.»

From now on we are two desolate wanderers. We kneel in front of burned houses. We cover ivy with prayers, Yoruba songs and blood. We feed abandoned spaces and turn them into shrines. In front of the burned buildings of the Bronx, we in-

37

vertimos en altares. Frente a los edificios quemados del Bronx, invocamos las fuerzas africanas, una vez poderosas pero hoy casi olvidadas. Condenados, les ordenamos que otra vez se levanten para que nos amparen, no de las profundidades del río Nigeria, sino de los bloques, de los techos caídos, de los matorrales y de la peste de la ciudad de New York.

voke African forces, once powerful, but now almost forgotten. Damned, we commanded them to protect us and to rise once more, not from the depths of the Niger river, but from abandoned buildings, fallen ceilings, the bushes and the stench of New York City.

Methditation
X

El vidrio separó la luz azul, el humo ocupó las habitaciones y nació el placer through which everything was created.

Para llegar a mí tendrás que quebrarte. Para que te ofrezca los hombres más vidrios del mundo: soplarás. A cambio, te encadenaré al placer. Convertiré tus memorias en burbujas de cristal. No te quedarán palabras, sólo orglassmos quemados.

Aspiro esas memorias donde los jóvenes más pobres y bellos de la ciudad de New York –puertorriqueños o negros– se despojaron de sus vestimentas indignas del hip-hop y del blingbling para caer enteramente desnudos sobre mí, manos cristalizadas, perfectamente bellos, como el que se arrodilla ante un dios.

Angel of Death, if I could send you away, I would. But I have loved you too much. Bethesda, with her syringe-fingers, is helping me in battle.

Methditation
X

The glass separated the blue light, the smoke occupied the rooms and pleasure was born, through which everything was created.

To arrive at me, you will break. To offer you the crystal men of the world: you will blow. In return, I will forever chain you to pleasure. I will turn your memories into glass bubbles. Not words, only burned orglassms will remain.

I aspire to those memories where the poorest young and most beautiful men of the city of New York –– Puerto Rican or African American –– stripped themselves of their garments of hip-hop and bling-bling, to fall over me, completely naked, hands crystallized, perfectly beautiful, like the one who kneels before a god.

Angel of Death, if I could send you away, I would. But I have loved you too much. Bethesda, with her syringe-fingers, is helping me in battle.

En la ciudad Gomorrompeángeles fumé gases fuertes en bombillas de vidrio y me entregué a los valientes. Les ofrecí mi cuerpo sin temor. Acompáñame. Si lo haces te coronará la Soberbia. Venus y Betesda serán tus aliadas.

In the city Gomorrompeángeles, I inhaled strong gases from glass lightbulbs and gave myself to the bravest men. I offered them my body without fear. Come with me. If you do, Hubris will crown you. Venus and Bethesda will be your allies.

Transeúnte espiritual
VIII

¿A dónde vas, Madrina, cuando te baja Obatalá? ¿En qué esquina de la mente te escondes? Transeúnte espiritual, ¿cuál camino escoges para alejarte del Bronx cuando tus dioses, cubiertos con sangre, todavía se interesan por ti? ¿En qué animal te transformas y en qué anciano te transfiguras cuando el cansancio, al son de tambores, arrastra tu memoria para darle paso a un rey que es sólo soberano tras tus ojos?

Spiritual Passerby
VIII

Where do you go, Madrina, when Obatala comes down on you? In what corner of the mind do you hide? Spiritual Passerby, what path do you choose to get away from the Bronx, when your gods, covered in blood, still care about you? Into what animal do you transform, what elder do you become when fatigue, at the sound of the drums, drags your memory, to give way to a king who only rules behind your eyes?

Itutu a Madrina
VIII

Entre cantos africanos irreconocibles y lágrimas de santos, sobre unas hojas y unos caracoles que anunciaban el deseo de abandonar completamente este mundo y de no hablar más, le dimos vuelta a Obatalá y lo despedimos a martillazos. Un inmenso ruido. Gritos de los Babás que se quedaban. Ahora, el adiós al dios: un sol, un puño y mi cabello entre las piedras.

Itutu to Madrina
VIII

Among unrecognizable African chants and tears of saints, over some leaves and cowry shells announcing her desire to completely abandon this world and to not talk anymore, we turned our backs and said goodbye to Obatala, and crushed him with a hammer. A huge noise. Cries of the Babas who remained. Now, farewell to the god: a sun, a fist, and my hair between her stones.

Réquiem Cream
VII

Desde una heladería de la ciudad de Mayagüez presencié la demolición de la Inmaculada. Nuestras memorias fueron sepultadas con bitumul para erguir un parking. Mientras, una china milenaria que nunca aprendió español me entregaba mándalas de arena de maíz y me cobraba. Al fin, nos entendimos.

Requiem Cream
VII

From an ice cream shop in the city of Mayagüez, I witnessed the Immaculate being demolished. Our memories were buried under asphalt to erect a parking lot. Meanwhile, a millennial Chinese woman, who never learned Spanish, gave me an ice cream mandala, made out of corn sand, and charged me. At last, we understood each other.

Centella Ndoki Noche Oscura
Enreda Vira Mundo
IX

Frente a una pared de St. Raymond cubierta de hiedra, frente a ese enorme cementerio de expatriados olvidados y con dos velitas blancas, Padrino me enseñó a dibujar la confusión en el suelo. Con esta firma nos vengamos del mundo. Con ella imprecamos a nuestros enemigos. Después que disparamos nueve montoncitos de pólvora sobre una tumba abandonada, ahíaquíasí le trazamos a ella para que los enredara con saña, para que les sobreviniera la más terrible confusión de espíritu, para que jamás pudieran alcanzar sus sueños y vivieran ahogados. Finalmente, nos limpiamos con rabos crudos llenos de sangre.

Con esta firma delineamos el odio sobre las tumbas. «No la mires mucho, que hay que borrarla. Enmaráñale la mente a todo el que se atreva hacerte mal. Aprende de la hiedra a asfixiar lentamente a tus presas.»

Centella Ndoki Dark Night
Entangle Twist the World
IX

In front of a wall of St. Raymond, covered with ivy, in front of that huge cemetery of forgotten expatriates and with two white candles, Padrino taught me to draw confusion into the ground. With this signature we retaliate against the world. With it we wish the worst evil to our enemies. After we set on fire nine small piles of gun powder over an abandoned tomb, there-here-now we drew her, asking her so viciously to entangle our enemies and curse them with the most terrible confusion of spirit, so that they would never achieve their dreams and live drowned. Finally, we cleansed ourselves with raw ox tails.

With this signature, hatred is drawn over the graves. «Do not look at it much, you have to erase it. Entangle the mind of anyone who dares to harm you. Learn from the vines to slowly suffocate your prey.»

Brujería para sobrevivir el abandono
V

Después de invocar a la diosa Oshún, después de haberle derramado tanta miel y tantas lágrimas sobre aquellas piedras, allí en ese arroyo vi asomarse tras tus quebrados ojos el Ikú del desamparo. Para alejarlo tuve que implorar a otra divinidad mucho más poderosa, la Duda, y con la gallina descabezada todavía en mis manos, la muñeca ya hecha cenizas, lo ahuyenté de ti conjurándote: si no puedes agarrarte de los orixas, apóyate del tronco del Laurel que germinó de tu vientre. Nada más fue necesario.

Brujeria to survive abandonment
V

After having invoked the goddess Oshun, after having poured so much honey and tears over her stones, at the edge of that creek, I saw behind your broken eyes the Iku of Abandonment. To send him away, I had to invoke a more powerful goddess, Doubt, and with the headless chicken still in my hands, with the doll turned to ashes, I chased him away with this incantation: If you cannot hang onto my Goddesses, hold on to the Bay Laurel that germinated from you. Nothing more was necessary.

La Reina de los Niños de Odduduwa
IX

Esta es la Reina de los Niños de Odduduwa. Esta es Ella, que ha trenzado su cabello con nueve estrellas más antiguas que el universo. Bendita sea Ella, Reina de las Mariposas, cuyo Nombre aún no es conocido. Todavía no hay palabras ni adoraciones en nuestro lenguaje para bendecirla. Sólo los bellos, los fuertes, los poderosos y los sabios están invitados a adorarla. Los reyes La soñaron. Esta es Ella, quien se sienta en un trono de nueve calaveras. Esta es Ella, cuyo soplo destruye para crear. Su vestido, que afluye desde vientos huracanados hacia las profundidades del Níger, está cubierto de oro. Un arcoíris La corona. Devélate en honor a la memoria de todos tus hijos e hijas sin nombre, durante tanto tiempo asesinados y enterrados en las profundidades de Olukún. Levántate desde la destrucción que dejó el huracán y revélate en la paz que viene cuando la tormenta ha recién pasado. Ahora tus niños son pocos, pero mañana serán muchos. Transfórmame en una flor que vuela, y sé Tú mi núcleo secreto, las alas y el corazón míos.

The Queen of the Children of Odduduwa
IX

This is the Queen of the Children of Odduduwa. This is She who has braided her hair with nine stars older than the universe. Blessed is She, Queen of the Butterflies, Her name is not known yet. There are neither words nor adorations yet in our language to praise Her. Only the beautiful, the strong, the powerful and the wise are invited to adore Her. Kings have dreamed of Her. This is She who sits upon a throne of nine skulls. This is She who destroys with her wind in order to create. Her dress, which flows down from the hurricane winds to the depths of the Niger, is covered with gold. A rainbow crowns Her. Unveil yourself in honor of the memory of all your sons and daughters without names, long murdered and buried into the depths of Olokun. Raise from the destruction left by the tempest and disclose yourself in the peace that comes when the storm has just passed. Your children are now few, but tomorrow they will be many. Transform me into a flower that flies, and be You my secret center, my wings and my heart.

Centella Cuatro Vientos Batalla Ndoki
IX

Ella es Centella Cuatro Vientos Batalla Ndoki, dueña de los espíritus oscuros que nacen de las arañas y de las tumbas. Se sienta sobre nueve calaveras, transforma la vida y la renueva con la pudrición de la muerte. De su boca nacen el fuego y los alacranes. Y sus búfalos, ¿dónde están hoy?

¿Qué le pasó a aquel gran río que fue su hogar, donde los hombres más fuertes la invocaban con sus remos-rezos mientras ella los navegaba al altar de sus ilusiones?

Centella Nodki Four Winds in Battle
IX

She is Centella Ndoki Four Winds in Battle, owner of the dark spirits born of spiders and tombs. She sits over nine skulls, transforms and renews life with the rotting of death. From her mouth, fire and scorpions are born. Where are her buffaloes today?

What happened to that great river that was her home, where the strongest men invoked her with their oars and prayers while she sailed them to the altar of their dreams?

Obara
VI

¿Dónde están los animales que acompañaron mis sueños? ¿Qué le hicieron al agua que era yo misma? ¿Qué le pasó a aquel rey con quien fui soberana?

Fuimos monarcas del mundo, sentados los dos sobre un trono hecho de hombres vivos. ¿Qué les pasó a los árboles dónde nos entregamos y juramentamos lealtad? ¿Y dónde está el cielo que se reflejaba en el vestido de mis corrientes?

Obara
VI

Where are the animals that accompanied my dreams? What did they do to the water that was myself? What happened to that king with whom I ruled?

We were monarchs of the world, both sitting on a throne made of living men. What happened to the trees where we loved and swore each other loyalty? Where is the sky reflected over the dress made of tides?

El Rey

Bajo un As de Copas, un trono hecho de telas de satén, máscaras, en un basement sucio del Bronx. Padrino me vistió y me pintó una tiara de colores en la cabeza: un sol y una luna. En el rostro, estrellas. Me puso las pulseras y los collares de Mazo, me sentó sobre un pilón de madera y ahí, ahí me puso una corona hecha por él en cartón, tela morada y nueve amatistas plásticas. Entonces, me nombró Rey.

Fui soberano. Luego de que Madrina y Padrino saludaron al trono durante una tarde entera, todo aquel pueblo uniformado de blanco fue mío: ellos y sus dioses se postraron ante mí, sobre una estera. Desde el suelo los saludé y me levantaron.

De ahí en adelante todos son mis súbditos. Músicos y tambores tocan para mí. Yo soy la diosa Oyá.

The King

Under the Ace of Cups, a throne made of satin fabrics, masks, on a dirty basement in the Bronx. Padrino dressed me and he painted a colorful tiara on my head: a sun and a moon. On the face, stars. He dressed me with bracelets and necklaces, I sat on a wooden mortar and there, he put a crown on my head, made out of cardboard, purple cloth and nine plastic amethysts. Then I was named King.

I was a sovereign. After Padrino and Madrina saluted the throne, for a whole afternoon, all the people dressed in white were mine: they and their gods bowed before me, on a mat. In response, I saluted them from the ground and they lifted me up.

From now on, all of them are my subjects. Musicians and drums play for me. I am the goddess Oya.

Ofún
X

Ojalá vuelvas a verla, no dentro del vidrio ni sobre las sucias aceras, sino sobre el campo. ¿Cómo quedarás cuando ya no caiga? ¿Dónde hallarás la alegría cuando no puedas encontrarla en la mañana, ni hacer ángeles, ni jugar con ella?

Son estrellas que caen. Por eso es bella. No está frente al mar, sino sobre la nieve donde quisiera volaquedarme. Es sobre el blanco donde pido caligrafiar a mis diosas. Los dioses y los deseos son semejantes e inseparables. La nieve es un cristal, no se te olvide.

Pero el invierno no será eterno. Regresará Preña Combe a amparar de nuevo a las ceibas, a arropar la Tierra y el Cielo. La acompañarán Las Nueve Condenadas, burlándose, para rescatar las flores. Abatirá Centella Cuatro Vientos Batalla Ndoki, diáfana, vestida de frío, anunciando-alucinando por última vez a todo el que tenga la valentía de escucharla. Pronto aparecerá Centella Ndoki Batalla Mundo, a desenredar. La Dueña del Campo Santo desenterrará las cabezas de

Ofun
X

I hope you see her again, not in the glass or over the dirty sidewalks, but over the fields. How will you be when she no longer falls? Where will you find happiness when you cannot find her in the morning, nor do angels, nor play with her?

They are beautiful falling stars. Not in front of the ocean, but over the snow, where I want to fly-stay-be. It is over white where I want to draw my goddesses. Deities and desires are similar. Snow is a crystal, do not forget.

Winter will not last forever. Pregnant, the Mistress will return to flood the Earth and the Heavens. She is accompanied by nine condemned spirits, to rescue the flowers. Seven-Stars-Lucero-Mundo will beat down, clear, dressed in cold, announcing-hallucinating for the last time anyone with the courage to listen. Soon will appear Centella Ndoki Four Winds in Battle, to disentangle. The Owner of the Holy Graves will unearth the heads of her children, and

sus muchachos, sobre los que escribirá con cascarilla la nueva historia de la ciudad Gomorrompeángelesdecabezas. A esa ciudad la regirá el placer. De las profundidades de Olokun surgirá Remolino Cuatro Vientos a tragarse a los animales. Vendrán ju(z)gando otra vez. Jamás se olvidarán de este Mundo. De sus entrañas, de la más insondable tranquilidad, surgirán resplandecientes la diosa Oyá y la letra A.

over their heads she will draw the new history of the city Gomorrompeángelesdecabezas, where pleasure will rule. From the depths of the oceans Olokun will emerge to swallow its animals. She will return to play with the World. And from her womb, from the most unfathomable tranquility will emerge, resplendent, the goddess Oya and the letter A.

Las Torres
XVI

¿Cuál baraja te deparará el azar?

*Esas dos muchachas que ves caer se tiraron. Deci-
dieron quitarse la vida para impedir ser sacrificadas.*

*Esa mañana fuimos poseídos por Satanás y senti-
mos en las entrañas fuerzas feroces. Nos entregamos a
la rabia y al sexo como cerdos, desterrados para siempre a un cementerio de heroísmos. Respiramos carne
humana. Aprendimos a identificar morgues portátiles
que jamás serían usadas porque los cuerpos fueron
pulverizados para siempre en una densa niebla que
nos arropó y maldijo. Fuimos desterrados a marchar
por la Broadway como Guerreros de Terracota bajo el
mando de un nuevo emperador que no conocíamos.
Nuestras esperanzas fueron calcinadas y reducidas al
odio, la fatalidad y la desesperación.*

But we are still standing, I read in a poem. Really?

*Una muchacha que no tiene papeles se sienta fren-
te a mi edificio en Washington Heights a esperar a su
hermano, que no llama y no llega. Minutos, horas,*

66

The Towers
XVI

Which card will you choose?

Those two girls you see falling, they threw themselves down. They decided to kill themselves to avoid being sacrificed.

That morning we were possessed by Satan and felt ferocious forces in our insides. We surrendered to rage and to sex like pigs, banished forever to a cemetery of heroisms. We smelled human flesh. We learned to identify portable morgues that were never used because the bodies had been pulverized and became a dense, eternal fog which devoured and cursed us. We were banished to march down Broadway as Terracotta Warriors under the command of a new emperor we did not know. Our hopes were petrified and reduced to hate, doom and despair.

But we are still standing, leo en un poema. De verdad?

A girl who's illegal sits in front of my building in Washington Heights to wait for her brother, who does

días. Nos sacudimos. Tiembla. Se abre la tierra y somos sacrificados al dios Abhorrescĕre.

Estallan todas nuestras metáforas admirables, surge de nosotros el mal. Llueven bombas, asbestos, brazos. ¿No te has percatado de que hoy comenzó la guerra contra los niños del mundo? Esa paloma que ves ahí escupe misiles. No recojas esa flor, puedes perder las piernas. No juegues bajo la lluvia.

Te respondo amplificando once verbos:

abatir	*acometer*
agredir	*aniquilar*
arrasar	*arremeter*
arruinar	*asaltar*
asesinar	*asolar*
atacar.	

Es una caída que todavía nos arrastra. Las atalayas de Babel se vienen abajo. Se trata de la baraja más aterradora: la que fuimosvivimosvimos.

Al caer en aquel abismo ansiamos ser Yemayá, pero nos avasalló la rabia. Nos abrimos, agrietamos, agriamos en nuestros cuerpos, en nuestros ojos, en nuestras gargantas, en nuestros pulmones, en nuestros sexos, en nuestras piernas por fuerzas antípodas.

Ojalá no te salga esta carta.

68

not call nor arrive. Minutes, hours, days. We toss. Tremble. The earth is opened and we are sacrificed to the god Abhorrescěre.

All our admirable metaphors explode and evil erupts from us. Raining bombs, asbestos, arms. Did you notice that today a war started against the children of the world? That pigeon you see there spits missiles. Do not pick that flower, you could lose your legs. Do not play in the rain.

I answer amplifying these verbs:

abate
annihilate
attack
assault
assassinate
assail

The watchtowers of Babel collapse and they drags us down. This is the scariest card: that we werelivedexperienced.

While we fall into the abyss we crave to be Yemaya, but we are overpowered by rage. We openedcrackedfestered. In our bodies, in our eyes, in our throats, our sexes, our gender, our legs; we are possessed by antipodal forces.

Make sure you never get this card.

Despedida

As-Salaam alei-kum. Waa ali-kum Salaam.

Con licencia de Nsambi Ntoto, Nsambi Arriba, Nsambi Abajo, Nsambi Mpongo, Nsambi a los Cuatro Kutere. Con licencia de todos los Tatas nfuiri de este mundo y de este munanso.

Con licencia de Víctor Cáceres Tanta Nkisi Siete Rayos Medio Medio. Con licencia de Bolívar Cardona Bako Fula Planta Firme Cien Centella Vira Mundo.

Con licencia de Nkisi Malongo, Nkisi Palo Monte, Nkisi Susundamba, Nkisi Mayimbe.

Con licencia de Cuatro Vientos Ntoto Ngüeye Batalla Mundo. Con licencia de Cuatro Vientos Ntoto que Yo nsara. Con licencia quinso puerta a la parte de afuera y a la de adentro. Con licencia de Los Cuatro Vientos y de todas las Cazuelas de Hierro y de Barro que reinan en el Mundo de la Verdad.

Con licencia de Mambe Mpakas, vivas para siempre en el Mundo Entero. Que el amparo de su bondad siempre nos alcance.

Farewell

As-Salaam alei-kum. Waa ali-kum Salaam.

With permission of Nsambi Ntoto, Nsambi Arriba, Nsambi Abajo, Nsambi Mpongo, Nsambi a los Cuatro Kutere. With permission of every Tatas nfuiri from this world and from this munanso.

With permission of Victor Caceres Tanta Nkisi Siete Rayos Medio Medio. With permission of Bolivar Cardona Bako Fula Planta Firme Cien Centella Vira Mundo.

With permission of Nkisi Malongo, Nkisi Palo Monte, Nkisi Susundamba, Nkisi Mayimbe.

With permission of Cuatro Vientos Ntoto Ngüeye Batalla Mundo. With permission of Cuatro Vientos Ntoto, who Yo nsara. With permission quinso puerta to the outside part and the inside one. With permission of Los Cuatro Vientos and of every Cazuelas de Hierro and Barro, which rule in the Mundo de la Verdad.

With permission of Mambe Mpakas, eternally alive in the Whole World. May the shelter of their kindness reach us forever and ever.

Con licencia de Andrés Petit. Con licencia de Antonio Carmona. Con licencia de Santiago López.

Con licencia de mi madre y mi madre nganga, que la bendición de ellas siempre me alcance.

Con licencia de Ta Noisán. Con licencia de Ta Julián. Con licencia de Mamá Guanola. Con licencia de Mamá Tomasa.

Con licencia de Lucero Mundo Ndoki Yaya Cuatro Vientos Gajo Cota Lima el Igualito. Con licencia de Zarabanda Tiembla Tierra Contienda Buro Finda Colo Bandolo Gajo Cota Lima el Igualito. Con licencia de Mboa Suelto en la Sabana.

Con licencia de mis ahijadas Bramá Vence Mundo y Lucero Mundo del Finda Malongo Kongo Poder de la Tierra con Garabato Fuerte Vititi Caridad.

Con licencia de Mboa Campo Santo en Madrugada de la Conferencia de San Jacinto.

Con licencia de Kalunga Sube, Kalunga Baja. Con licencia de Siete Rayos Escupe Fuego. Con licencia de Centella Ndoki Noche Oscura Enreda Vira Mundo. Con licencia de Mamá Chola. Con licencia de Madre de Agua. Con licencia de Cobayende. Con licencia de Chola Wengue. Con licencia del Tronco y Ceiba. Con licencia de Cubre Finda.

Que cuando el sentimiento me lleve lejos Centella Yeye Ndoki me devuelva y me plante firme como un arce, siempre en victoria, lejos del mar pero al lado

With permission of Andres Petit. With permission of Antonio Carmona. With permission of Santiago Lopez.

With permission of mi mother and mi mother nganga, may their blessing reach me every time.

With permission of Ta Noisan. With permission of Ta Julian. With permission of Mama Guanola. With permission of Mama Tomasa.

With permission of Lucero Mundo Ndoki Yaya Cuatro Vientos Gajo Cota Lima el Igualito. With permission of Zarabanda Tiembla Tierra Contienda Buro Finda Colo Bandolo Gajo Cota Lima el Igualito. With permission of Mboa Suelto en la Sabana.

With permission of my goddaughters Brama Vence Mundo y Lucero Mundo del Finda Malongo Kongo Poder de la Tierra con Garabato Fuerte Vititi Caridad.

With permission of Mboa Campo Santo en Madrugada de la Conferencia de San Jacinto.

With permission of Kalunga Sube, Kalunga Baja. With permission of Siete Rayos Escupe Fuego. With permission of Centella Ndoki Noche Oscura Enreda Vira Mundo. With permission of Mama Chola. With permission of Madre de Agua. With permission of Cobayende. With permission of Chola Wengue. With permission of the Tronco e Ceiba. With permission of Cubre Finda.

When the feelings take me away, may Centella Yeye Ndoki bring me back and firmly plant me

73

*de los álamos, volaquedándome sobre la nieve, eterna-
mente temblando pero alzándome, en la más oscura
tranquilidad, hacia las estrellas, evocando a la diosa
Oyá y susurrando el Libro de la letra A.*

as a Maple, always in victory, never facing the sea, but always beside the aspens, flying-staying over the snow, forever trembling, but lifting me in the darkest tranquility, towards the stars, evoking the goddess Oya and whispering the Book of the letter A.

SANGRÍA

9. *Retrato del diablo*, Antonio Gil
10. *Niños extremistas*, Gonzalo Ortiz Peña
11.*Apache*, Antonio Gil
12. *La misma nota, forever*, Iván Monalisa Ojeda
13. *Alias el Rucio*, Mónica Ríos
14. *La parvá*, Carlos Labbé
15. *Misa de batalla*, Antonio Gil
EN PREPARACIÓN
15. *Ñache*, Felipe Becerra

Intervenciones
1. *Cuál es nuestro idioma*, varios autores
2. *Descampado. Sobre las contiendas universitarias*.
raúl rodríguez freire y Andrés Maximiliano Tello, editores
3. *Constitución Política Chilena de 1973*,
propuesta del gobierno de la Unidad Popular

Monumentos frágiles
1. *La Cañadilla de Santiago. Su historia y tradiciones. 1541–1887*,
Justo Abel Rosales.
Edición de Ariadna Biotti, Bernardita Eltit y Javiera Ruiz

Reserva de narrativa chilena
1. *El rincón de los niños*, Cristián Huneeus
2. *Carta a Roque Dalton*, Isidora Aguirre
3. *La sombra del humo en el espejo*, Augusto d'Halmar
4. *Tres pasos en la oscuridad*, Antonio Gil
5. *El verano del ganadero*, Cristián Huneeus
6. ~~*Poste restante*, Cynthia Rimsky~~ [fuera de circulación]
7. *Una escalera contra la pared*, Cristián Huneeus
8. *Trilogía normalista*, Carlos Sepúlveda Leyton
9. *Bagual*, Felipe Becerra
EN PREPARACIÓN
10. *Escenas inéditas de Alicia en el país de las maravillas*,
Jorge Millas